SO-CSX-303

In the winter, I zip down hills on my sled that is red.

In the summer, I rest in the grass.
Small insects buzz as they pass.

In the spring, I swing on my swing.
The robins call and sing.

In the fall, the wind is brisk.

Picking pumpkins is at the top of my list.

Swimming under the summer sun...

Drinking hot drinks after winter fun…

Spring sap dripping like a drum...

16

The smell of fall is the best smell of all!

Winter, spring, summer, fall…
I have fun in them all.

Target Letter-Sound Correspondence	High-Frequency Puzzle Words	
/ô/ sound spelled **a[l, ll]**	down	my
	have	of
	like	they

**Previously Introduced
Letter-Sound Correspondences:**
Consonant /s/ sound spelled **s**
Consonant /m/ sound spelled **m**
Short /ǎ/ sound spelled **a**
Consonant /k/ sound spelled **c**
Consonant /n/ sound spelled **n**
Consonant /k/ sound spelled **k, ck**
Consonant /z/ sound spelled **s**
Consonant /t/ sound spelled **t**
Consonant /p/ sound spelled **p**
Short /ŏ/ sound spelled **o**
Consonant /g/ sound spelled **g**
Consonant /d/ sound spelled **d**
Short /ǐ/ sound spelled **i**
Consonant /r/ sound spelled **r**
Consonant /l/ sound spelled **l**
Consonant /h/ sound spelled **h**
Consonant /f/ sound spelled **f**
Short /ě/ sound spelled **e**
Short /ǔ/ sound spelled **u**
Consonant /b/ sound spelled **b**
Consonant /j/ sound spelled **j**
Consonant /kw/ sound spelled **qu**
Digraph /th/ sound spelled **th**
Consonant /y/ sound spelled **y**
Schwa /ə/ sound spelled **a, e, i, o, u**
Consonant /ks/ sound spelled **x**
Consonant /w/ sound spelled **w**
Consonant /z/ sound spelled **z**
Consonant /v/ sound spelled **v**
Long /ē/ sound spelled **ee**
Digraph /ng/ sound spelled **ng**
/ng/ sound spelled **n[k]**
r-Controlled /ûr/ sound spelled **er**